**Ar gael oddi wrth
Cyhoeddiadau Rily**

Y Crocodeil Anferthol
Mr Cadno Campus
Moddion Rhyfeddol George
Y Bys Hud
Nab Wrc
Jiráff a'r Pelican a Fi
Y Twits
Cerddi Ffiaidd
Penillion Ach-a-fi

I ddarllenwyr hŷn

Yr CMM
Charlie a'r Ffatri Siocled
Charlie a'r Esgynnydd Mawr Gwydr
James a'r Eirinen Wlanog Enfawr
Matilda
Y Gwrachod
Danny Pencampwr y Byd
Pastai Odl

Dymuna'r cyhoeddwyr gydnabod cymorth
Cyngor Llyfrau Cymru.

GAN ... ..

Bili

Mam

Don Mini

Y Minpinnau

ROALD DAHL

BILI A'R MINPINNAU

Darluniwyd gan Quentin Blake

RILY

I Ophelia

Bili a'r Minpinnau
ISBN 978-1-84967-050-0

Hawlfraint y testun: © Roald Dahl Story Company Ltd, 1991
Hawlfraint y darluniau: © Quentin Blake, 2017

Cyfieithiad gan Elin Meek
Hawlfraint y cyfieithiad © Rily Publications Ltd 2018

Cyhoeddwyd yn wreiddiol yn Saesneg fel
The Minpins gan Jonathan Cape 1991,
ac fel B*illy and the Minpins* gan Puffin Books 2017

Cyhoeddwyd gan Rily Publications Ltd
Rily Publications, Blwch Post 257, Caerffili CF83 9FL
www.rily.co.uk

Argraffwyd a rhwymwyd ym Mhrydain
gan CPI Group (UK) Ltd, Croydon, CR0 4YY

Roedd **ROALD DAHL** yn ysbïwr, yn beilot awyrennau, yn hanesydd siocled ac yn ddyfeisiwr meddygol. Hefyd ef oedd awdur *Charlie a'r Ffatri Siocled*, *Matilda*, *Yr CMM* a llawer mwy o storïau gwych.

Ef o hyd yw **STORÏWR GORAU'R BYD**.

Mae **QUENTIN BLAKE** wedi darlunio dros dri chant o lyfrau ac ef oedd hoff ddarluniwr Roald Dahl. Yn 1980 enillodd Fedal Kate Greenway, gwobr uchel ei pharch. Yn 1999 daeth yn Ddarluniwr Plant cyntaf erioed y Frenhines ac yn 2013 cafodd ei urddo'n farchog am ei wasanaeth i fyd darlunio.

Cynnwys

Bod yn Dda

Roedd mam Bili Bach yn dweud wrtho byth a hefyd beth yn union roedd e'n cael ei wneud a beth doedd e ddim yn cael ei wneud.

Roedd yr holl bethau roedd e'n cael eu gwneud yn ddiflas. Roedd yr holl bethau doedd e ddim yn cael eu gwneud yn gyffrous.

Un o'r pethau doedd e BYTH BYTH yn cael eu gwneud, y peth mwyaf cyffrous o'r cyfan i gyd, oedd mynd allan drwy glwyd yr ardd ar ei ben ei hunan bach a chwilota yn y byd y tu hwnt iddi.

Ar y prynhawn heulog hwn o haf, roedd Bili Bach yn penlinio ar gadair yn y stafell fyw, yn syllu allan drwy'r ffenest ar y byd rhyfeddol y tu draw. Roedd ei fam yn y gegin yn smwddio ac er bod y drws yn agored, doedd hi ddim yn gallu ei weld e.

Bob hyn a hyn byddai ei fam yn galw arno, ac
yn dweud, 'Bili Bach, beth rwyt ti'n ei wneud yn
fan 'na?

A byddai Bili bob amser yn galw'n ôl ac yn
dweud, 'Dwi'n bod yn dda, Mam.'

Ond roedd Bili wedi cael llond bol ar fod yn dda.

Drwy'r ffenest, heb fod yn bell iawn i ffwrdd,
roedd e'n gallu gweld y goedwig fawr ddu o'r enw
Coedwig Pechod. Roedd wedi ysu am fynd yno
erioed.

Roedd ei fam wedi dweud wrtho fod oedolion,

hyd yn oed, yn ofni mynd i mewn i Goedwig Pechod. Byddai hi'n adrodd cerdd iddo a oedd yn adnabyddus yn yr ardal. Dyma hi:

Gochelwch rhag mentro i'r Goedwig Pechod gas!
Aiff llawer i mewn, ond does neb yn dod mas!

'Pam nad ydyn nhw'n dod mas?' gofynnodd Bili Bach iddi. 'Beth sy'n digwydd iddyn nhw yn y goedwig?'

'Mae'r goedwig honno,' meddai ei fam, 'yn llawn

o'r bwystfilod gwyllt mwyaf gwaetgar yn y byd.'

'Teigrod a llewod, ie?' gofynnodd Bili Bach.

'Rhai llawer gwaeth na hynny,' meddai ei fam.

'Beth sy'n waeth na theigrod a llewod, Mam?'

'Mae Wangdwdliaid yn waeth,' meddai ei fam,

'a'r Corngrychwyr, heb sôn am y Chwyrndroellwyr

a'r Cnedwyr Mileinig. A'r gwaethaf o'r cyfan i gyd yw'r Poerlwr Gwaedsugno Dannedd-dynnu Cerrig-daflu. Mae un ohonyn nhw yn y goedwig hefyd.'

'Poerlwr, Mam?'

'Wrth gwrs. A phan fydd y Poerlwr yn rhedeg ar dy ôl di, mae e'n chwythu cymylau o fwg poeth o'i drwyn.'

'Fyddai e'n fy mwyta i i gyd?' gofynnodd Bili Bach.

'Mewn un gegaid,' meddai ei fam.

Doedd Bili Bach ddim yn credu gair o hyn.

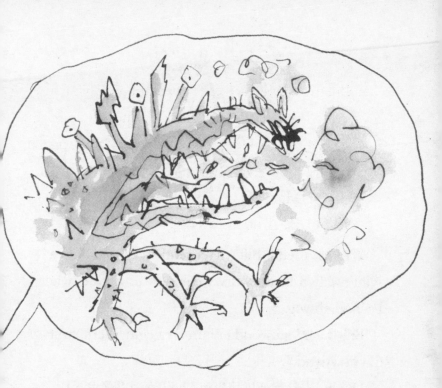

Roedd e'n dyfalu bod ei fam yn creu'r cyfan i gyd
er mwyn codi ofn arno a'i atal rhag mynd allan
o'r tŷ ar ei ben ei hunan bach byth.

A nawr roedd Bili yn eistedd ar y gadair, yn
syllu'n llawn hiraeth drwy'r ffenest ar y Goedwig
Pechod enwog.

'Bili Bach,' galwodd ei fam o'r gegin, 'beth rwyt
ti'n ei wneud?'

'Dwi'n bod yn dda, Mam,' galwodd Bili yn ôl.

Ar hynny, digwyddodd rhywbeth rhyfedd.
Dechreuodd Bili Bach glywed rhywun yn sibrwd
yn ei glust. Roedd e'n gwybod yn union pwy oedd
e. Y Diafol oedd e. Roedd y Diafol bob amser yn
dechrau sibrwd wrtho pan oedd e wedi diflasu'n
llwyr.

'Byddai hi'n hawdd,' roedd y Diafol yn sibrwd,
'i ti ddringo allan drwy'r ffenest honna. Fyddai
neb yn dy weld di. Ac mewn chwinciad byddet

ti yn yr ardd, ac mewn chwinciad arall byddet ti drwy'r glwyd ffrynt, ac mewn chwinciad arall wedyn byddet ti'n chwilota drwy'r Goedwig Pechod ryfeddol ar dy ben dy hunan bach. Mae'n lle gwych. Paid â chredu gair mae dy fam yn ei ddweud am y Wangdwdliaid a'r Corngrychwyr a'r Chwyrndroellwyr a'r Cnedwyr Mileinig a'r Poerlwr Gwaedsugno Dannedd-dynnu Cerrig-daflu. Does dim o'r fath bethau yno.'

'Beth *sydd* i mewn yno go iawn?' sibrydodd Bili Bach.

'Mefus gwyllt,' sibrydodd y Diafol yn ôl. 'Mae llawr y goedwig i gyd yn garped o fefus gwyllt, a phob un ohonyn nhw'n felys ac yn goch ac yn aeddfed ac yn llawn sudd. Cer i weld drosot ti dy hunan.'

Dyna'r geiriau a sibrydodd y Diafol yn dawel i glust Bili ar y prynhawn heulog hwnnw o haf.

Yr eiliad nesaf, roedd Bili Bach wedi agor y ffenest ac roedd e'n dringo allan.

RHED, BILI BACH!
RHED RHED RHED!

Mewn chwinciad, roedd Bili Bach wedi glanio'n ddistaw ar y gwely blodau islaw.

Mewn chwinciad arall, roedd e wedi mynd allan drwy glwyd yr ardd.

Ac mewn chwinciad arall wedyn roedd e'n sefyll ar ymyl y Goedwig Pechod ddu fawr!

Roedd e wedi'i gwneud hi! Roedd e wedi cyrraedd yno! A nawr, byddai e'n gallu chwilota drwy'r goedwig i gyd!

Oedd e'n nerfus?

Beth?

Pwy soniodd am fod yn nerfus, wir!

Corngrychwyr? Cnedwyr Mileinig? Am ddwli!

Oedodd Bili Bach.

'Dwi ddim yn nerfus,' meddai. 'Dwi ddim yn

nerfus o gwbl. Nac ydw, wir.'

Yn araf, araf bach, cerddodd Bili i mewn i'r fforest fawr. Cyn hir roedd coed enfawr o'i gwmpas ar bob llaw ac roedd eu canghennau'n gwneud to solet fry uwch ei ben, yn cuddio'r awyr. Yma ac acw disgleiriai pelydrau bach o heulwen drwy fylchau yn y to. Doedd dim siw na miw i'w glywed. Roedd hi fel bod ynghanol y meirw mewn eglwys gadeiriol werdd wag, enfawr.

Pan oedd e wedi mentro'n eitha pell i mewn i'r goedwig, arhosodd Bili Bach, sefyll yn hollol stond, a gwrando. Doedd e ddim yn gallu clywed dim smic. Dim smic o gwbl. Doedd dim siw na miw yno.

Ond tybed?

Arhoswch un eiliad fach.

Beth oedd hwnna?

Trodd Bili Bach ei ben yn sydyn a syllu i dywyllwch dudew'r goedwig.

Dyna fe eto! Doedd dim dwywaith amdani'r tro hwn.

O bell, daeth sŵn sisial a siffrwd tawel iawn, fel chwa fach o wynt yn chwythu drwy'r coed.

Yna dechreuodd y sŵn gryfhau. Bob eiliad roedd e'n cryfhau, ac yn sydyn nid chwa o wynt oedd e – sŵn swsial pwffian sisial ffroeni dychrynllyd oedd e, a hwnnw'n swnio fel petai rhyw greadur anferthol yn chwythu'n drwm drwy ei drwyn wrth iddo garlamu tuag ato.

Trodd Bili ar ei sawdl a rhedeg.

Rhedodd Bili yn gynt nag roedd wedi rhedeg erioed o'r blaen. Ond roedd y swn swsial pwffian sisial ffroeni yn dod ar ei ôl. Yn waeth byth, roedd e'n mynd yn gryfach. Golygai hynny fod y *peth* oedd yn gwneud y swn, y creadur oedd yn carlamu, yn dod yn nes. Roedd e'n mynd i'w ddal!

Rhed, Bili Bach! Rhed rhed rhed!

Rhedodd i osgoi coed anferthol. Herciodd dros wreiddiau a mieri. Plygodd yn isel i wibio o dan

ganghennau a llwyni. Roedd ganddo adenydd ar ei draed, roedd e'n rhedeg mor gyflym. Ond daeth y sŵn swsial pwffian sisial ffroeni dychrynllyd yn gryfach ac yn gryfach wrth i'r *peth* ddod yn nes ac yn nes.

Cafodd Bili Bach gip sydyn dros ei ysgwydd, a nawr, yn y pellter, gwelodd olygfa a rewodd ei waed a gwneud pibonwy yn ei wythiennau.

Beth welodd e oedd dau bwff enfawr o fwg melyngoch, yn llifo ac yn rholio drwy'r coed tuag ato. Ar ôl y ddau yma daeth dau arall, *pwffian*

pwffian, ac yna dau arall, *pwffian pwffian*, ac roedd
rhaid eu bod nhw'n dod, meddai Bili Bach
wrtho'i hunan, o ddwy ffroen rhyw fwystfil oedd
wedi'i ffroeni e, ac a oedd yn carlamu ar ei ôl a'i
wynt yn ei ddwrn.

Dechreuodd geiriau ei fam atseinio eto yn ei ben:

Gochelwch rhag mentro i'r Goedwig Pechod gas,
Aiff llawer i mewn, ond does neb yn dod mas!

'Mae'n rhaid mai'r Poerlwr yw e!' llefodd Bili Bach. 'Dywedodd Mam fod y Poerlwr yn chwythu mwg wrth redeg ar eich ôl chi. Mae hwn yn chwythu mwg! Y Poerlwr Gwaedsugno Dannedd-dynnu Cerrig-daflu dychrynllyd yw e! A chyn hir bydd e'n fy nal a bydd e'n fy ngwaedsugno ac yn fy nannedd-dynnu ac yn fy ngherrig-daflu a'm cnoi'n ddarnau mân, ac yna bydd y Poerlwr yn fy mhoeri allan mewn cwmwl o fwg a dyna ddiwedd arna i!'

WWWMFF – WWWMFF!

Rhedai Bili Bach mor gyflym â saeth, ond bob tro roedd e'n cael cip dros ei ysgwydd, roedd y pyffiau o anadl mwg melyngoch wedi dod yn nes. Roedden nhw mor agos nawr, gallai eu teimlo nhw ar ei war. A'r *sŵn*! Roedd yn fyddarol yn ei glustiau, y sŵn swsial pwffian sisial ffroeni dychrynllyd. *Wwwmff-wwwmff* oedd y sŵn. *Wwwmff-wwwmff, Wwwmff-wwwmff! Wwwmff-wwwmff, Wwwmff-wwwmff!* Roedd e fel sŵn injan stêm yn gadael gorsaf.

Yna'n sydyn, clywodd Bili sŵn arall a oedd rywsut yn fwy dychrynllyd eto. Sŵn pystylad carnau enfawr yn carlamu ar lawr y goedwig oedd hwn.

Cafodd gip arall dros ei ysgwydd, ond roedd y Peth, y Bwystfil, yr Anghenfil, neu beth bynnag oedd e, wedi'i guddio o'i olwg gan y mwg roedd e'n ei saethu allan wrth garlamu yn ei flaen.

Roedd yr anadl myglyd yn llifo o'i gwmpas i gyd nawr. Roedd e'n gallu teimlo ei wres. Yn waeth byth, roedd e'n gallu arogli ei ddrewdod. Roedd y drewdod yn ffiaidd – y drewdod sy'n dod o grombil anifail sy'n bwyta cig oedd e.

'Mam!' llefodd Bili Bach. 'Achub fi!'

Yn sydyn, yn union o'i flaen, gwelodd Bili foncyff coeden enfawr. Roedd y goeden hon yn wahanol i'r lleill oherwydd roedd ganddi ganghennau isel iawn. Wrth ddal i redeg, rhoddodd Bili naid wyllt am ei changen isaf. Daliodd hi a'i dynnu ei hun i fyny.

Yna cydiodd yn y gangen nesaf uwch ei ben a'i dynnu ei hun i fyny eto. Yna eto ac eto, gan ddringo'n uwch ac yn uwch i ddianc rhag y bwystfil ofnadwy oedd yn ffroeni, yn chwythu mwg a'i anadl yn drewi. Dim ond pan oedd Bili'n rhy flinedig i ddringo'n uwch y rhoddodd y gorau i ddringo.

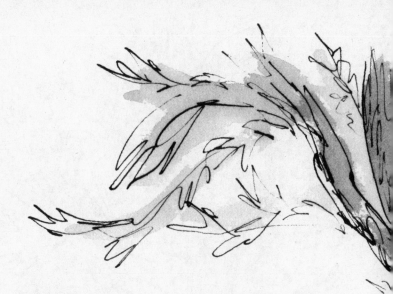

Edrychodd i fyny, ond roedd brig y goeden
enfawr yn dal o'r golwg – roedd hi fel petai'n mynd
i fyny am byth. Edrychodd i lawr. Doedd e ddim
yn gallu gweld y llawr chwaith. Roedd e mewn
byd o ddail gwyrdd a changhennau trwchus, llyfn,
heb ddaear nac awyr i'w gweld. Roedd y bwystfil
drewllyd a oedd yn ffroeni ac yn chwythu mwg
filltiroedd oddi tano'n rhywle. Doedd e ddim yn
gallu ei glywed mwyach, hyd yn oed.

Daeth Bili Bach o hyd i le cyfforddus lle
roedd dwy gangen fawr yn dod at ei gilydd ac
eisteddodd i orffwys.

Ar hyn o bryd, beth bynnag, roedd e'n ddiogel.

Yna digwyddodd rhywbeth rhyfedd iawn. Roedd cangen lefn enfawr yn agos iawn at y man lle roedd Bili Bach yn eistedd, ac yn sydyn sylwodd fod darn bach sgwâr o risgl yn dechrau symud. Darn bach iawn oedd e, tua maint stamp, ac roedd y ddwy ochr fel petaen nhw'n hollti yn y canol ac yn agor yn araf tuag allan, fel dau gaead ar ryw ffenest fach, fach.

Eisteddodd Bili Bach gan syllu ar y peth rhyfeddol hwn. Ac yn sydyn reit, daeth teimlad anghyfforddus, rhyfedd drosto. Roedd hi'n teimlo fel petai'r goeden roedd e'n eistedd arni a'r dail gwyrdd o'i gwmpas i gyd yn perthyn i fyd arall yn hollol, a'i fod e'n dresmaswr, heb hawl i fod yn eu canol. Gwyliodd yn graff wrth i'r caeadau pitw o risgl coeden agor yn raddol, a phan oedden nhw ar agor led y pen, dyma nhw'n datguddio ffenest fach debyg i sgwâr, wedi'i gosod yn dwt yn nhro'r gangen fawr. Roedd rhyw fath o olau melynaidd yn tywynnu o grombil y ffenest.

Y Minpinnau Ydyn Ni

Y peth nesaf un a welodd Bili oedd wyneb pitw bach wrth y ffenest. Roedd wedi ymddangos yn sydyn, o unman. Wyneb hen, hen ddyn a gwallt gwyn oedd e. Gallai Bili Bach weld hyn yn glir, er nad oedd wyneb y dyn pitw bach i gyd yn fwy na physen.

Roedd yr hen wyneb bach hwn yn syllu'n syth ar Bili, ac yn edrych yn ddifrifol dros ben. Roedd rhychau dwfn dros groen yr wyneb i gyd, ond roedd y llygaid yn ddisglair fel dwy seren.

A nawr dechreuodd rhywbeth *hyd yn oed yn fwy* rhyfedd ddigwydd. O'i gwmpas i gyd, nid yn unig ar brif foncyff enfawr y goeden, ond hefyd dros bob cangen fawr oedd yn tyfu allan ohono, roedd ffenestri pitw bach eraill yn agor ac roedd wynebau

pitw bach yn syllu allan. Wynebau dynion oedd rhai o'r rhain, ac roedd hi'n amlwg mai menywod oedd rhai eraill. Yma ac acw roedd pen plentyn i'w weld yn syllu dros sil ffenest. Doedd pennau'r plant hyn ddim mwy na phen matsien. Yn y diwedd, rhaid bod

mwy na dau ddeg o ffenestri bach o gwmpas y man lle roedd Bili Bach yn eistedd, ac o bob ffenest roedd y wynebau bach rhyfeddol hyn yn syllu. Doedd dim un o'r rhai a oedd yn gwylio'n gwneud unrhyw sŵn.

Roedd y wynebau'n dawel, yn ddisymud, bron fel ysbrydion.

Nawr roedd y dyn pitw bach yn y ffenest nesaf at Bili fel petai'n dweud rhywbeth, ond roedd ei lais yn sibrwd mor dawel, roedd rhaid i Bili bwyso'n agos reit er mwyn deall ei eiriau.

'Rwyt ti mewn tipyn o gawl, on'd wyt ti?' roedd y llais yn ei ddweud. 'Dwyt ti ddim yn gallu mynd i lawr eto, oherwydd os gwnei di, byddi di'n cael dy lowcio'n syth. Ond dwyt ti ddim yn gallu eistedd i fyny fan hyn am byth, chwaith.'

'Dwi'n gwybod, dwi'n gwybod!' ebychodd Bili.

'Paid â gweiddi,' meddai'r dyn pitw bach.

'Dwi ddim yn gweiddi,' meddai Bili.

'Siarada'n dawelach,' meddai'r dyn pitw bach. 'Os byddi di'n siarad yn rhy uchel, bydd dy lais yn fy chwythu i i ffwrdd.'

'Ond . . . ond . . . pwy *ydych* chi?' gofynnodd Bili Bach, gan ofalu siarad yn dawel iawn y tro hwn.

'Y Minpinnau ydyn ni,' meddai'r dyn pitw bach, 'a ni sy'n berchen ar y goedwig hon. Fe ddof i'n nes, yna fe glywi di fi'n well.' Dringodd yr hen Finpin allan o'i ffenest a cherdded yn syth i lawr y gangen fawr serth, ac yna i fyny cangen arall nes iddo ddod o hyd i le ychydig fodfeddi oddi wrth wyneb Bili Bach.

Roedd hi'n rhyfeddol ei weld e'n cerdded i fyny ac i lawr y canghennau hyn a oedd bron yn llorweddol, heb drafferth o gwbl. Roedd e fel gweld rhywun yn cerdded i fyny ac i lawr wal.

'Sut yn y byd rydych chi'n gwneud hynny?' gofynnodd Bili Bach.

'Esgidiau sugno,' meddai'r Minpin. 'Rydyn ni i

gyd yn eu gwisgo nhw. Dyw hi ddim yn bosibl byw
mewn coed heb esgidiau sugno.' Ar ei draed roedd
e'n gwisgo esgidiau gwyrdd pitw bach, ychydig fel
bŵts glaw bach.

Roedd ei ddillad yn rhyfedd o hen ffasiwn – dillad
brown a du bron i gyd, y math o bethau roedd pobl
yn eu gwisgo ganrifoedd maith yn ôl.

Yn sydyn, roedd y Minpinnau eraill i gyd, yn
ddynion, menywod a phlant, yn dringo allan o'u
ffenestri ac yn gwneud eu ffordd tuag at Bili Bach.
Oherwydd eu hesgidiau sugno roedd fel petaen
nhw'n gallu cerdded i fyny ac i lawr y canghennau
mwyaf serth yn hawdd dros ben, ac roedd rhai hyd
yn oed yn cerdded ben i waered o dan y canghennau.

Gwisgai rhai ohonyn nhw'r dillad hen ffasiwn hyn o
gannoedd o flynyddoedd yn ôl, ac roedd sawl un yn

gwisgo hetiau a bonedi rhyfedd dros ben. Roedden
nhw'n sefyll neu'n eistedd ar y canghennau i gyd

o gwmpas Bili Bach, yn syllu arno fel petai e'n
rhywun o'r gofod.

'Ond ydych chi i gyd yn *byw* yn y goeden hon go iawn?' gofynnodd Bili.

Meddai'r hen Finpin, 'Mae pob un o'r coed yn y goedwig hon yn wag y tu mewn. Nid dim ond hon, ond *pob un* ohonyn nhw. Ac ynddyn nhw mae miloedd ar filoedd o Finpinnau'n byw. Mae'r coed mawr hyn yn llawn o stafelloedd a grisiau, nid dim ond yn y prif foncyff mawr ond yn y rhan fwyaf o'r canghennau eraill hefyd. Coedwig Minpinnau yw hon. Ac nid hon yw'r unig un yng Nghymru.'

'Ga i gip y tu mewn?' gofynnodd Bili Bach.

'Wrth gwrs, wrth gwrs,' meddai'r hen Finpin. 'Rho dy lygad yn agos at y ffenest honna.' Pwyntiodd at yr un yr oedd e newydd ddod allan drwyddi.

Symudodd Bili ychydig a rhoi un llygad yn union yn erbyn y twll sgwâr nad oedd yn fwy na stamp.

Roedd yr hyn a welodd yn hollol ryfeddol.

Mae'r Grwnsiwr Yn Gwybod Dy Fod I Fyny Fan Yma

Gwelodd Bili Bach stafell a oedd wedi'i goleuo â rhyw olau melyn gwan. Roedd hi wedi'i dodrefnu â chadeiriau a bwrdd cain. Roedd gwely pedwar postyn ar un ochr. Roedd yn debyg i un o'r stafelloedd yr oedd Bili wedi'i gweld unwaith yn nhŷ dol un o'i ffrindiau.

'Am hardd,' meddai Bili. 'Ydyn nhw i gyd mor hyfryd â hon?'

'Mae'r rhan fwya yn llai,' atebodd yr hen Finpin. 'Mae hon yn grand iawn oherwydd mai fi yw pennaeth y goeden hon. Don Mini yw fy enw i. Beth yw dy enw di?'

'Bili Bach yw fy enw i,' meddai Bili Bach.

'Cyfarchion, Bili Bach,' meddai Don Mini. 'Mae croeso i ti edrych i mewn i rai o'r stafelloedd eraill os wyt ti eisiau. Rydyn ni'n falch iawn ohonyn nhw.'

Roedd pob un o'r teuluoedd Minpin eraill eisiau dangos eu stafelloedd eu hunain i Bili Bach. Dyma nhw'n brysio ar hyd y canghennau a gweiddi, 'Dere i weld fy stafell i! Plis dere i weld fy stafell i!'

Dechreuodd Bili ddringo o gwmpas a syllu drwy'r ffenestri pitw bach.

Drwy un ffenest, gwelodd stafell molchi, yn union fel ei stafell molchi gartref, dim ond fil gwaith yn llai. A thrwy ffenest arall, gwelodd stafell ddosbarth gyda llawer o ddesgiau pitw bach a bwrdd du yn un pen.

Ym mhob stafell roedd grisiau yn un gornel yn mynd i'r stafell uwchben.

Wrth i Bili fynd o un ffenest i'r llall, dilynodd
y Minpinnau ef, gan ymgasglu a gwenu wrth ei
glywed yn rhyfeddu.

'Maen nhw i gyd yn hollol ryfeddol,' meddai.
'Maen nhw'n llawer gwell na'n stafelloedd ni
gartref.'

Pan oedd y daith ar ben, eisteddodd Bili ar gangen fawr a dweud wrth yr holl griw o Finpinnau, 'Edrychwch, dwi wedi cael amser hyfryd yn eich cwmni, ond sut galla i fyth fynd adre eto? Bydd Mam yn mynd yn ddwl yn poeni amdana i.'

'Fyddi di byth yn gallu mynd i lawr o'r goeden hon,' meddai Don Mini. 'Dwi wedi dweud hynny wrthot ti. Os wyt ti'n ddigon twp i drio, fe gei di dy fwyta mewn pum eiliad.'

'Ai'r Poerlwr sy yno?' gofynnodd Bili Bach. 'Ai'r Poerlwr Gwaedsugno Dannedd-dynnu Cerrig-daflu ofnadwy yw e?'

'Dwi erioed wedi clywed am unrhyw Boerlwr,' meddai Don Mini. 'Yr un sy'n disgwyl amdanat ti lawr fan 'na yw'r Grwnsiwr dychrynllyd – y Grwnsiwr Crasboeth sy'n Chwydu Mwg. Mae e'n grwnsian popeth sydd yn y goedwig. Dyna pam mae'n rhaid i ni fyw lan fan hyn. Mae wedi grwnsian cannoedd o fodau dynol a miliynau o Finpinnau. Ei drwyn rhyfeddol a hudol sy'n gwneud iddo fod mor beryglus. Mae ei drwyn yn gallu ffroeni bod dynol neu Finpin neu unrhyw anifail arall ddeg milltir i ffwrdd. Yna mae'n carlamu tuag ato ar gyflymder dychrynllyd. Dydy e byth yn gallu gweld dim byd o'i flaen oherwydd yr holl fwg y mae'n ei chwydu o'i drwyn a'i geg, ond dyw e ddim yn poeni dim am hynny. Mae ei drwyn yn dweud wrtho ble i fynd yn union.'

'Pam mae e'n chwythu'r holl fwg yna allan?' gofynnodd Bili.

'Oherwydd bod ganddo dân crasboeth yn ei fola,' eglurodd Don Mini. 'Mae'r Grwnsiwr yn hoffi cig rhost, ac mae'r tân yn rhostio'r cig wrth iddo ei lyncu.'

'Edrychwch,' meddai Bili, 'Grwnsiwr neu beidio, mae'n rhaid i mi gyrraedd adre rywsut. Bydd rhaid i mi redeg nerth fy nhraed.'

'Paid â rhoi mentro, da ti,' meddai Don Mini. 'Mae'r Grwnsiwr yn gwybod dy fod ti lan fan hyn. Mae e i lawr fan 'na nawr, yn disgwyl amdanat ti. Dringa i lawr ychydig yn is gyda fi ac fe ddangosa i i ti.'

Rydyn Ni'n Nabod
Yr Adar I Gyd

Cerddodd Don Mini yn hawdd, yn syth i lawr ochr y boncyff mawr. Dringodd Bili Bach yn ofalus ar ei ôl, o un gangen i'r llall.

Cyn hir, oddi tanyn nhw, dechreuon nhw arogli drewdod poeth ffiaidd anadl y Grwnsiwr, a nawr roedd y mwg melyngoch yn codi'n gymylau trwchus i fyny i'r canghennau is.

'Sut olwg sydd arno fe?' sibrydodd Bili.

'Does neb yn gwybod,' atebodd Don Mini. 'Mae e'n gwneud cymaint o stêm a mwg fel nad wyt ti byth yn gallu ei weld. Os wyt ti'r tu ôl iddo, rwyt ti'n gallu cael cip ar rannau bach ohono fe oherwydd bod y mwg i gyd yn cael ei chwythu allan yn y blaen. Mae rhai Minpinnau'n dweud eu bod nhw wedi gweld ei goesau ôl – rhai enfawr a du a blewog iawn, yr un siâp â choesau llew ond ddeg gwaith yn fwy. Ac mae sôn bod ei ben fel pen crocodeil anferthol, gyda rhesi a rhesi a rhesi o ddannedd miniog. Ond does neb yn gwybod yn iawn. Cofia di, rhaid bod ganddo ffroenau anferth er mwyn gallu chwythu'r holl fwg yna allan.'

Arhoson nhw'n llonydd a gwrando, ac roedden nhw'n gallu clywed y Grwnsiwr yn pystylad y ddaear wrth fôn y goeden â'i garnau anferth ac yn ffroeni'n farus.

'Mae e'n dy arogli di,' meddai Don Mini. 'Mae e'n gwybod nad wyt ti'n bell i ffwrdd. Bydd e'n aros am byth i dy gael di nawr. Mae e'n dwlu ar fodau dynol a dyw e ddim yn eu dal nhw'n aml iawn. Mae bodau dynol fel mefus a hufen iddo fe. Rwyt ti'n gweld, mae e'n byw ar Finpinnau ers misoedd, a dydy miloedd o Finpinnau ddim hyd yn oed yn bryd bach iddo fe. Mae'r bwystfil yn llwglyd.'

Dringodd Bili a Don Mini yn ôl i fyny'r goeden at y man lle roedd yr holl Finpinnau eraill wedi ymgasglu. Roedden nhw'n falch o weld bod Bili

Bach wedi dod yn ôl yn ddiogel. 'Aros lan fan hyn gyda ni,' medden nhw wrtho fe. 'Fe ofalwn ni amdanat ti.'

Ar hynny, glaniodd gwennol las hyfryd ar gangen gerllaw, a gwelodd Bili fam Minpin a'i dau blentyn yn dringo'n hollol hamddenol ar gefn y wennol. Yna

cododd y wennol a hedfan i ffwrdd gyda'i theithwyr yn eistedd yn gyfforddus rhwng ei hadenydd.

'Nefoedd wen!' llefodd Bili. 'Ai aderyn dof arbennig yw hwnna?'

'Ddim o gwbl,' meddai Don Mini. 'Rydyn ni'n

nabod yr adar i gyd. Mae'r adar yn ffrindiau i ni. Rydyn ni'n eu defnyddio nhw drwy'r amser i deithio o le i le. Mae'r fenyw honna'n mynd â'i phlant i weld eu mam-gu sy'n byw mewn coedwig arall tua hanner can milltir i ffwrdd. Byddan nhw yno cyn pen llai nag awr.'

'Ydych chi'n gallu *siarad* â nhw?' gofynnodd Bili Bach. 'Â'r adar, hynny yw?'

'Wrth gwrs ein bod ni'n gallu siarad â nhw,' meddai Don Mini. 'Rydyn ni'n gallu galw arnyn nhw unrhyw bryd rydyn ni eisiau, os oes rhaid i ni fynd i rywle. Pa ffordd arall y bydden ni'n cael ein cyflenwadau o fwyd lan fan hyn? Oherwydd y Grwnsiwr Crasboeth, mae'n amhosibl i ni gerdded i unrhyw le yn y goedwig.'

'Ydy'r adar yn hoffi gwneud hyn i chi?' gofynnodd Bili.

'Maen nhw'n fodlon gwneud unrhyw beth i ni,' meddai Don Mini. 'Maen nhw'n ein caru ni ac rydyn ni'n eu caru nhw. Rydyn ni'n storio bwyd iddyn nhw yn y coed fel na fyddan nhw'n llwgu

pan ddaw'r gaeaf oer, rhewllyd.'

Yn sydyn, roedd pob mathau o adar yn glanio ar ganghennau'r coed lle roedd Bili Bach yn eistedd, ac roedd heidiau o'r Minpinnau'n dringo ar eu cefnau. Roedd gan y rhan fwyaf o'r Minpinnau sachau bach dros eu hysgwyddau.

'Ar yr adeg hon o'r dydd maen nhw'n mynd i gasglu bwyd,' eglurodd Don Mini. 'Mae'n rhaid i'r oedolion i gyd helpu i gael bwyd i'r gymuned. Mae Minpinnau pob coeden yn gofalu amdanyn nhw eu hunan. Mae ein coed mawr ni fel eich dinasoedd a'ch trefi chi, ac mae'r coed bach fel eich pentrefi chi.'

Roedd hi'n olygfa ryfeddol. Hedfanai pob
math o adar gwych i'r goeden, gan glwydo ar
ganghennau'r goeden fawr. Cyn gynted ag y
byddai un yn glanio, byddai Minpin yn dringo ar
ei gefn ac i ffwrdd â nhw.

Roedd adar duon a bronfreithod ac ehedyddion
a brain a drudwy a sgrechod y coed a phiod a sawl
math o linosod bach yno, a phopeth yn drefnus
iawn. Roedd pob aderyn fel petai'n gwybod yn
union pa Finpin roedd yn ei gasglu, ac roedd pob
Minpin yn gwybod yn union pa aderyn roedd e
neu hi wedi'i archebu ar gyfer y bore.

'Ein ceir ni yw'r adar,' meddai Don Mini wrth
Bili Bach. 'Maen nhw'n llawer neisiach a dydyn
nhw byth yn cael damwain.'

Cyn hir roedd pob un o oedolion y Minpinnau, heblaw am Don Mini, wedi hedfan i ffwrdd ar gefn yr adar, a dim ond y plant pitw bach oedd ar ôl. Yna daeth y robinod cochion a dechreuodd y plant ddringo ar eu cefnau nhw a mynd i hedfan am ychydig.

Meddai Don Mini wrth Bili, 'Mae'r plant i gyd yn ymarfer dysgu hedfan ar robinod cochion. Maen nhw'n adar call a gofalus ac maen nhw'n dwlu ar y rhai bach.'

Safodd Bili'n stond, a syllu. Prin roedd e'n gallu credu'r hyn roedd e'n ei weld.

GALWCH AR YR ALARCH

Tra oedd y plant yn ymarfer ar y robinod cochion, meddai Bili Bach wrth Don Mini, 'Does dim ffordd yn y byd o gael gwared ar y Grwnsiwr Crasboeth sy'n Chwydu Mwg ffiaidd lawr fan 'na, oes e?'

'Yr unig bryd y mae Grwnsiwr yn marw,' meddai Don Mini, 'yw os bydd e'n cwympo i ddŵr dwfn. Mae'r dŵr yn diffodd y tân ynddo fe ac yna mae'n marw. Os wyt ti'n stopio dy galon, rwyt ti'n marw ar unwaith. Os wyt ti'n diffodd y tân, mae'r Grwnsiwr yn marw ymhen pum eiliad. Dyna'r unig ffordd o ladd Grwnsiwr.'

'Nawr arhoswch funud,' meddai Bili. 'Oes digwydd bod pwll o ddŵr neu rywbeth fan hyn yn rhywle?'

'Mae llyn mawr ochr draw'r goedwig,' meddai Don Mini. 'Ond pwy sy'n mynd i ddenu'r Grwnsiwr i mewn i'r pwll? Nid ni. Ac yn sicr nid ti. Byddai e ar dy ben di cyn i ti fynd ddeg llath oddi wrtho fe.'

'Ond dwedoch chi fod y Grwnsiwr ddim yn gallu gweld o'i flaen oherwydd yr holl gymylau o fwg mae e'n eu chwythu,' meddai Bili Bach.

'Digon gwir,' meddai Don Mini. 'Ond sut mae hynny'n mynd i'n helpu ni? Dwi ddim yn credu bod y Grwnsiwr yn mynd i gwympo i mewn i'r llyn. Dyw e byth yn mentro allan o'r goedwig.'

'Dwi'n credu 'mod i'n gwybod sut i wneud iddo gwympo i'r dŵr,' meddai Bili.

'Beth sydd eisiau arna i,' aeth Bili yn ei flaen, 'yw aderyn sy'n ddigon mawr i'm cario i.'

Meddyliodd Don Mini am hyn am dipyn, yna meddai, 'Rwyt ti'n fachgen bach iawn ac oherwydd hynny dwi'n meddwl y byddai alarch yn gallu dy gario di'n eitha hawdd.'

'Galwch ar yr alarch,' meddai Bili. Yn sydyn roedd awdurdod newydd yn ei lais.

'Ond . . . ond gobeithio nad wyt ti'n mynd i wneud unrhyw beth peryglus,' llefodd Don Mini.

'Gwrandewch yn astud,' meddai Bili, 'oherwydd
rhaid i chi ddweud yn union wrth yr alarch beth
sy'n rhaid iddo ei wneud. Gyda fi ar ei gefn, rhaid
iddo hedfan i lawr at y Grwnsiwr. Bydd y Grwnsiwr
yn fy arogli i ac yn gwybod 'mod i'n agos iawn.
Ond fydd e ddim yn fy ngweld i drwy'r holl stêm a'r
mwg. Bydd e'n mynd yn ddwl wrth geisio fy nal i, a
bydd yr alarch yn ei bryfocio drwy hedfan yn ôl ac

ymlaen yn union o'i flaen e. Ydy hynny'n bosibl?'

'Yn eitha posibl,' meddai Don Mini, 'ond gallet ti gwympo'n hawdd. Dwyt ti ddim wedi cael unrhyw ymarfer hedfan o gwbl.'

'Fe ddalia i 'ngafael rywsut,' meddai Bili Bach. 'Yna bydd yr alarch, gan aros yn isel iawn, yn hedfan drwy'r goedwig gyda'r Grwnsiwr llwglyd yn rhuthro ar ei ôl. Bydd yr alarch yn aros yn union o flaen y Grwnsiwr drwy'r amser, gan ei yrru'n wallgof â fy arogl i. Yn y diwedd bydd yr alarch yn hedfan yn syth dros y llyn mawr dwfn a bydd y Grwnsiwr, sydd erbyn hyn yn mynd fel y gwynt, yn ei ddilyn yn dynn wrth ei sodlau. A *dyna ni*, mae e yn y llyn!'

''Machgen i!' llefodd Don Mini. 'Rwyt ti'n athrylith! Wyt ti'n fodlon gwneud hyn?'

'Galwch ar yr alarch,' gorchmynnodd Bili eto.

Trodd Don Mini at un o'r robinod cochion a oedd newydd ddod yn ôl o ymarfer hedfan gyda phlentyn Minpin ar ei gefn. Clywodd Bili ef yn siarad â'r robin mewn rhyw drydar rhyfedd. Doedd

e ddim yn gallu deall gair.

Nodiodd y robin ei ben a hedfan i ffwrdd.

Ddwy funud wedyn, dyma alarch gwirioneddol odidog, mor wyn â'r eira, yn disgyn ac yn glanio ar gangen gerllaw.

Cerddodd Don Mini ato ac unwaith eto, digwyddodd sgwrs drydar ryfedd, un lawer hirach y tro hwn, gyda Don Mini yn trydar bron drwy'r amser a'r alarch yn nodio ac yn nodio.

Yna trodd Don Mini at Bili Bach a dweud, 'Mae Alarch yn meddwl ei fod yn syniad gwych. Mae e'n dweud y gall e ei wneud e. Ond mae ychydig bach yn bryderus oherwydd nad wyt ti erioed wedi hedfan o'r blaen. Mae e'n dweud bod rhaid i ti gydio'n dynn iawn wrth ei blu.'

'Peidiwch â phoeni am hynny,' meddai Bili. 'Fe ddalia i 'ngafael rywsut. Dwi ddim eisiau i'r Grwnsiwr fy rhostio'n fyw a'm bwyta i.'

Dringodd Bili ar gefn Alarch. Erbyn hyn, roedd llawer o'r Minpinnau a oedd wedi hedfan i ffwrdd dro'n ôl yn dychwelyd. Roedd eu sachau pitw bach yn bochio. Safon nhw o gwmpas ar y canghennau gan syllu mewn rhyfeddod wrth weld y bachgen yma'n paratoi i hedfan ar Alarch.

'Hwyl fawr, Bili Bach!' galwon nhw. 'Pob lwc, pob lwc!' Ac ar hynny, agorodd yr alarch mawr ei adenydd a hofran yn dawel i lawr drwy holl ganghennau'r goeden fawr.

Daliodd Bili Bach Yn Dynn

Daliodd Bili Bach yn dynn. O, roedd hedfan ar gefn yr alarch mawr hwn yn wefreiddiol! Roedd cael bod fry yn yr awyr a theimlo'r gwynt yn rhuthro heibio i'w wyneb yn rhyfeddol. Daliodd yn dynn iawn wrth blu Alarch.

Ac yn sydyn, dyna lle roedd e, yn union oddi tanyn nhw, y llif enfawr o fwg melyngoch a stêm yn dod o ffroenau'r Grwnsiwr dychrynllyd. Roedd y mwg yn gorchuddio'r bwystfil yn llwyr, ac eto, drwy'r mwg, wrth iddyn nhw fynd yn agos iawn, roedd Bili Bach fwy neu lai'n gallu gweld cysgod du, enfawr rhyw anghenfil blewog. Aeth y ffroeni'n gryfach, ac wrth i arogl blasus Bili gyffroi'r bwystfil fwyfwy, dechreuodd y mwg fyrlymu allan yn gynt ac yn gynt – *wwwmff-wwwmff, wwwmff-wwwmff, wwwmff-wwwmff.* Roedd Bili Bach yn gallu teimlo'r anghenfil yn dod yn nes – *wwwmff-wwwmff, wwwmff-wwwmff, wwwmff-wwwmff.*

Roedd Alarch yn hedfan yn ôl ac ymlaen yn union o flaen y cwmwl o fwg o ffroenau'r bwystfil, gan ei demtio a'i bryfocio, a'i yrru'n wallgof â chwant bwyd. Roedd y bwystfil, neu'r cwmwl o fwg yn hytrach, yn rhuthro ymlaen tuag at Bili Bach, ond roedd Alarch yn rhy gyflym iddo ac yn symud i ffwrdd bob tro. Aeth y ffroeni'n gryfach ac yn fwy ffyrnig bob eiliad, a llifodd *wwwmff-wwwmff* y stêm poeth trwchus allan, yn dewach nag erioed.

Trodd Alarch ei ben i weld a oedd Bili Bach yn iawn. Nodiodd Bili a gwenu, a gallai dyngu bod

Alarch wedi nodio a gwenu'n ôl arno.

O'r diwedd, rhaid bod Alarch wedi penderfynu eu bod nhw wedi gwneud digon o bryfocio. Roedd y cwmwl melyngoch trwchus mawr yn llamu i fyny ac i lawr yn gynddeiriog â chwant bwyd, ac roedd y goedwig gyfan yn atseinio â sŵn ffroeni a chwyrnu'r creadur dychrynllyd. Hofranodd Alarch o gwmpas a mynd mewn llinell syth tuag at ymyl y goedwig, ac wrth gwrs dyma'r cwmwl mawr o fwg yn rhuthro ar ei ôl.

Gofalodd Alarch ei fod yn hedfan yn isel drwy'r amser, gan aros yn union o flaen y Grwnsiwr, a'i arwain ymlaen ac ymlaen, a gwau llwybr yn ofalus drwy'r coed enfawr yn y goedwig. Roedd arogl

bod dynol yn gryf iawn yn ffroenau'r Grwnsiwr. Rhaid ei fod wedi bod yn meddwl, dim ond iddo ddal ati nerth ei draed, y byddai'n dal ei bryd bwyd yn y diwedd.

Yn sydyn, yn syth o'u blaenau nhw, ar ymyl y goedwig, roedd y llyn. Wrth ruthro'n dynn wrth eu sodlau nhw, doedd gan y Grwnsiwr ddim diddordeb mewn dim ond yr arogl dynol godidog yr oedd yn ei ddilyn.

Hedfanodd Alarch yn syth tuag at y llyn. Hedfanodd yn isel dros y dŵr. Daliodd y Grwnsiwr i redeg.

Dyma Bili Bach, wrth edrych yn ôl, yn gweld y Grwnsiwr yn plymio'n union i ganol y dŵr, ac yna, dyma'r llyn i gyd fel petai'n ffrwydro'n gawod o ddŵr berwedig, yn llawn ager, ewyn a swigod.

Am eiliad fer, dyma'r Grwnsiwr Crasboeth sy'n Chwydu Mwg ofnadwy yn gwneud i'r llyn ferwi a mygu fel llosgfynydd. Yna diffoddodd y tân a diflannodd y bwystfil dychrynllyd o dan y tonnau.

Hwrê i Bili Bach!

Pan oedd popeth ar ben, hedfanodd Alarch a Bili Bach yn uwch a chylchu'r llyn i gael un golwg arall.

Ac yn sydyn roedd yr awyr i gyd o'u cwmpas nhw'n llawn adar, ac roedd un neu ddau o Finpinnau ar gefn pob aderyn. Gwelodd Bili Bach Don Mini yn hedfan ar sgrech y coed hyfryd, ac roedd e'n codi llaw ac yn gweiddi hwrê wrth hedfan wrth eu hochr nhw. Roedd hi fel petai'r holl Finpinnau eraill o'r goeden fawr wedi cyrraedd hefyd i weld y fuddugoliaeth bwysig dros y Grwnsiwr cas. Roedd pob math o adar yn hedfan o gwmpas Bili Bach ac Alarch, ac roedd y Minpinnau ar eu cefnau'n codi llaw ac yn curo dwylo ac yn gweiddi â llawenydd. Cododd Bili ei law yn ôl a chwerthin a meddwl mor wych oedd popeth.

Yna, gydag Alarch yn arwain, aeth yr adar a'r

Minpinnau i gyd yn ôl i'w cartrefi yn y goeden fawr.

Yn ôl yn y goeden buodd dathliad llawen am fuddugoliaeth Bili Bach dros y Grwnsiwr cas. Roedd Minpinnau o bob rhan o'r goedwig wedi hedfan i mewn ar eu hadar i roi hwrê i'r arwr ifanc, ac roedd holl ganghennau a brigau'r goeden fawr o dan eu sang â phobl bitw bach. Pan oedd y gweiddi hwrê a'r curo dwylo wedi tawelu o'r diwedd, cododd Don Mini i roi araith.

'Finpinnau'r goedwig!' gwaeddodd, gan godi ei lais bach fel bod pawb ym mhob rhan o'r goeden yn gallu ei glywed. 'Mae'r Grwnsiwr milain, sydd wedi llowcio'r holl filoedd ohonon ni, Finpinnau, wedi

76

mynd am byth! O'r diwedd mae llawr y goedwig yn ddiogel i ni gerdded arno! Felly nawr gallwn ni fynd i lawr i gasglu mwyar duon ac aeron gwichlyd ac aeron pigog ac aeron chwibog ac aeron pefriog ac aeron chwyrnog fel y dymunwn. A gall ein plant chwarae ymysg y blodau gwyllt a'r gwreiddiau drwy'r dydd gwyn.' Oedodd Don Mini a throi i edrych ar Bili Bach oedd yn eistedd ar gangen gerllaw.

'Ond foneddigion a boneddigesau,' aeth yn ei flaen, 'i bwy mae'r diolch am y fendith fawr hon sydd wedi dod i'n rhan? Pwy yw gwaredwr y Minpinnau?' Oedodd Don Mini eto. Eisteddodd y

Minpinnau yn eu miloedd a gwrando'n astud.

'Ein gwaredwr,' gwaeddodd, 'ein harwr, ein bachgen rhyfeddol, fel rydych chi'n ei wybod yn barod, yw ein hymwelydd dynol, Bili Bach.' (Daeth gweiddi a bloeddio 'Hwrê i Bili Bach!' gan y dyrfa.)

Nawr trodd Don Mini a siarad yn uniongyrchol â Bili. 'Rwyt ti, 'machgen i, wedi gwneud rhywbeth rhyfeddol droson ni ac yn gyfnewid am hyn, rydyn ni eisiau gwneud rhywbeth drosot ti. Dwi wedi cael gair ag Alarch ac mae e wedi cytuno i fod yn awyren breifat bersonol i ti tra byddi di'n dal i fod yn ddigon bach i hedfan ar ei gefn.' (Mwy o floeddio hwrê a

churo dwylo a gweiddi 'Da iawn, yr hen Alarch! Am syniad gwych!')

'Ond,' aeth Don Mini yn ei flaen, gan siarad â Bili Bach o hyd, 'chei di ddim hedfan i bobman ar gefn Alarch pan fydd hi'n olau dydd. Byddai rhyw fod dynol yn siŵr o dy weld di. Ac yna byddai'r gath allan o'r cwd a byddet ti'n gorfod dweud popeth amdanon ni wrth dy bobl di. Rhaid i hynny fyth ddigwydd. Petai'n digwydd, byddai tyrfaoedd o bobl enfawr yn trampan dros ein coedwig annwyl ni i chwilio am Finpinnau, a byddai ein gwlad dawel yn cael ei difetha.'

'Ddyweda i ddim gair wrth yr un enaid byw!' gwaeddodd Bili Bach.

'Hyd yn oed wedyn,' meddai Don Mini, 'allwn ni ddim mentro gadael i ti hedfan pan fydd hi'n olau dydd. Ond bob nos, ar ôl i'r golau yn dy stafell wely gael ei ddiffodd, bydd Alarch yn dod at dy ffenest i weld a hoffet ti reid. Weithiau bydd e'n dod â ti yma i'n gweld ni. Ar adegau eraill bydd e'n mynd â ti i ymweld â mannau mwy rhyfeddol nag y gallet ti

freuddwydio amdanyn nhw byth. Fyddet ti'n hoffi
i Alarch fynd â ti adre nawr? Dwi'n credu y gallwn
ni fentro un hediad sydyn arall yng ngolau dydd.'

'O'r andros!' llefodd Bili Bach. 'Ro'n i wedi
anghofio popeth am gartref! Rhaid bod Mam
mewn panig! Rhaid i mi fynd ar unwaith!'

Rhoddodd Don Mini yr arwydd a chyn pen pum
eiliad, disgynnodd Alarch a glanio ar y goeden.
Dringodd Bili Bach ar ei gefn, ac wrth i'r alarch
mawr agor ei adenydd a hedfan i ffwrdd, dyma'r
goedwig i gyd, nid yn unig y goeden roedden nhw
ynddi ond y goedwig i gyd o un pen i'r llall, yn dod
yn fyw wrth i filiwn o Finpinnau weiddi hwrê.

FYDDA I BYTH YN EICH ANGHOFIO CHI!

Glaniodd Alarch ar lawnt tŷ Bili Bach, a neidiodd hwnnw oddi ar ei gefn a rhedeg at ffenest y stafell fyw. Yn dawel iawn, dringodd i mewn. Roedd y stafell yn wag.

'Bili,' daeth llais ei fam o'r gegin. 'Beth rwyt ti'n ei wneud yn fan 'na? Rwyt ti'n dawel iawn ers dro byd.'

'Dwi'n bod yn dda, Mam,' galwodd Bili yn ôl. 'Dwi'n bod yn dda iawn.'

Daeth ei fam i mewn i'r stafell gyda phentwr o smwddio yn ei breichiau. Edrychodd hi ar Bili Bach. 'Beth *rwyt* ti wedi bod yn ei wneud?' gwaeddodd. 'Mae dy ddillad di'n hollol fochaidd!'

'Dwi wedi bod yn dringo coed,' meddai Bili.

'Alla i ddim gadael i ti fynd o 'ngolwg i am ddeng

munud,' meddai ei fam. 'Pa goeden oedd hi?'

'Dim ond un o'r coed y tu allan,' atebodd Bili.

'Os nad wyt ti'n ofalus byddi di'n cwympo a thorri braich,' meddai ei fam. 'Paid â gwneud hynny eto.'

'Wna i ddim,' meddai Bili, gan roi gwên fach. 'Fe hedfana i i fyny i'r canghennau ar adenydd arian.'

'Dyna ddwli rwyt ti'n ei siarad,' chwarddodd ei fam a cherdded allan o'r stafell gyda'i smwddio.

O hynny allan, roedd Alarch yn dod bob nos at

ffenest stafell wely Bili Bach. Byddai'n dod ar ôl i
fam a thad Bili fynd i gysgu a phan oedd y tŷ i gyd
yn dawel. Ond doedd Bili byth yn cysgu. Roedd e
bob amser yn effro ac yn aros yn awchus. A phob
nos, cyn i Alarch gyrraedd, roedd e'n gwneud yn
siŵr bod y llenni wedi'u tynnu'n ôl a'r ffenest ar
agor led y pen fel y byddai'r aderyn mawr gwyn yn
gallu hofran yn syth i mewn i'r stafell a glanio ar y
llawr wrth ymyl ei wely.

Yna byddai Bili yn llithro o'r gwely ac yn dringo ar gefn Alarch ac i ffwrdd â nhw.

O, am fywyd dirgel, rhyfeddol roedd Bili Bach yn ei fyw i fyny fry yn yr awyr gyda'r nos ar gefn Alarch! Roedden nhw'n hedfan mewn byd hudol o dawelwch, gan ddisgyn a hofran dros y byd tywyll oddi tano lle roedd holl bobl y ddaear yn cysgu'n drwm yn eu gwelyau.

Unwaith, hedfanodd Alarch yn uwch nag erioed
o'r blaen a chyrraedd cwmwl enfawr a oedd yn
disgleirio mewn golau euraid, gwan. Ym mhlygion
y cwmwl hwn roedd Bili Bach yn gallu gweld
creaduriaid o ryw fath yn symud o gwmpas.

Pwy oedden nhw?

Roedd e'n ysu am holi'r cwestiwn hwn i Alarch,
ond doedd e ddim yn gallu siarad gair o iaith yr
adar. Doedd yr Alarch ddim yn edrych fel petai'n
fodlon hedfan yn agos iawn at y creaduriaid hyn o
fyd arall, felly roedd hi'n amhosibl i Bili Bach eu
gweld nhw'n glir.

Dro arall, hedfanodd Alarch drwy'r nos am gyfnod a oedd yn teimlo fel oriau ac oriau tan iddyn nhw ddod o'r diwedd at agoriad anferthol yn arwyneb y ddaear – rhyw fath o dwll enfawr, llydan. Hofranodd Alarch yn araf o gwmpas y crater enfawr hwn ac yna plymio'n syth i lawr iddo. Aethon nhw i lawr yn ddyfnach o hyd i'r twll du.

Yn sydyn roedd disgleirdeb fel heulwen oddi tanyn nhw, a gallai Bili Bach weld llyn anferth o ddŵr, godidog o las, ac ar wyneb y llyn roedd miloedd o elyrch yn nofio'n araf. Roedd gwynder pur yr elyrch yn erbyn glesni'r dŵr yn hardd iawn.

Meddyliodd Bili tybed ai man cyfarfod dirgel oedd

hwn i holl elyrch y byd, a byddai wedi hoffi gallu gofyn y cwestiwn hwn i Alarch hefyd. Ond weithiau mae dirgelwch yn fwy diddorol nag esboniad, a byddai'r elyrch ar y llyn glas, fel y creaduriaid ar y cwmwl euraid, yn aros yn ddirgelwch yng nghof Bili am byth.

Tua unwaith yr wythnos, byddai Alarch yn hedfan Bili yn ôl i'r hen goeden yn y goedwig i ymweld â'r Minpinnau. Ar un o'r ymweliadau hyn, meddai Don Mini wrtho, 'Rwyt ti'n tyfu'n gyflym, Bili Bach. Mae arna i ofn y byddi di'n rhy drwm i Alarch cyn hir.'

'Dwi'n gwybod,' meddai Bili, 'ond does dim i'w wneud.'

'Dwi'n ofni nad oes unrhyw adar mwy nag Alarch gyda ni,' meddai Don Mini. 'Ond pan na fydd e'n gallu dy gario di mwyach, dwi'n gobeithio'n fawr y byddi di'n dal i ddod i fyny yma i ymweld â ni.'

'Byddaf, byddaf!' llefodd Bili. 'Bydda i'n dal i ddod i'ch gweld chi bob amser! Fydda i byth yn eich anghofio chi!'

'A gwrandawa,' meddai Don Mini, gan wenu, 'efallai y daw rhai ohonon ni i lawr o'r goeden yn y dirgel i ymweld â *ti*.'

'Allech chi wneud hynny, wir?' gofynnodd Bili mewn syndod.

'Dwi'n credu y gallen ni,' meddai Don Mini. 'Gallen ni ddod i lawr yn dawel i dy gartref di yn y tywyllwch a sleifio i mewn i dy stafell wely di am wledd hanner nos.'

'Ond sut byddech chi'n cyrraedd yr holl ffordd i fyny i fy stafell wely?' gofynnodd Bili.

'Wyt ti wedi anghofio am ein hesgidiau sugno ni?' meddai Don Mini. 'Bydden ni'n cerdded yn syth i fyny wal dy gartref di, dyna i gyd.'

'Am hyfryd!' llefodd Bili. 'Yna gallwn ni gymryd tro i ymweld â'n gilydd!'

'Wrth gwrs y gallwn ni,' meddai Don Mini.

A dyna'n union a ddigwyddodd.

Does dim un plentyn wedi cael bywyd ifanc mor llawn o gyffro â Bili Bach, a does dim un plentyn wedi cadw cyfrinach mor enfawr mor ffyddlon. Ddywedodd e ddim wrth un enaid byw am y Minpinnau.

Dwi fy hunan wedi bod yn gofalu nad ydw i wedi dweud wrthoch chi lle maen nhw'n byw, a dwi ddim yn mynd i ddweud hynny wrthoch chi nawr, chwaith. Ond petaech chi, drwy ryw lwc ryfeddol, yn crwydro i ganol y goedwig ac yn cael cip ar un o'r Minpinnau yna daliwch eich anadl a diolchwch, oherwydd hyd yma, hyd y gwn i, does neb heblaw am Bili Bach wedi gweld un erioed.

Gwyliwch yr adar wrth iddyn nhw hedfan uwch eich pennau a, phwy a ŵyr, efallai y gwelwch chi greadur pitw bach yn reidio fry ar gefn gwennol neu frân.

Gwyliwch y robin yn enwedig, oherwydd mae e bob amser yn hedfan yn isel, ac efallai y gwelwch chi blentyn Minpin nerfus yn eistedd ar y plu, yn cael ei wers hedfan gyntaf.

Ac yn fwy na dim, edrychwch â llygaid disglair ar y byd cyfan o'ch cwmpas chi, oherwydd mae'r cyfrinachau mwyaf wedi'u cuddio yn y mannau mwyaf annhebygol bob amser.

A chofiwch, fydd y rhai nad ydyn nhw'n credu mewn hud a lledrith byth yn dod o hyd iddyn nhw.

HYSBYSIAD

Mae pedwar deg mlynedd, bron, ers i mi wneud darluniau i lyfr gan Roald Dahl y tro cyntaf – *Y Crocodeil Anferthol*. Ar y pryd doeddwn i ddim yn sylweddoli fy mod i'n mynd i wneud llawer yn rhagor, ond mewn gwirionedd, dros yr ugain mlynedd nesaf gwnes ddarluniau i bob un o lyfrau plant Roald Dahl.

Pob un heblaw am un, hynny yw. Yn 1990, ar yr un pryd ag roeddwn i'n darlunio *Nab Wrc*, roedd yr artist Patrick Benson yn gwneud darluniau mawr a hardd i'r *Minpinnau*. Roeddwn i'n eu hoffi nhw'n fawr iawn, felly efallai y gallwch chi ddychmygu fy syndod pan gefais gais yn ddiweddar i greu set newydd o ddarluniau i'r llyfr. Mae'r geiriau yn y fersiwn newydd hwn yr un fath, ond mae'n llai ac mae llawer mwy o dudalennau, felly mae lle i mi dynnu llun o bob un dim sy'n digwydd. Roeddwn i'n llawn cyffro wrth wneud y darluniau newydd, ac roedd e bron yn teimlo fel llyfr Roald Dahl newydd nad oeddwn i wedi'i ddarllen erioed o'r blaen. Gobeithio y byddwch chi'n teimlo'r un fath.

Quentin Blake